さくらのカルテ

中澤晶子 作
ささめやゆき 絵

汐文社

目次《もくじ》

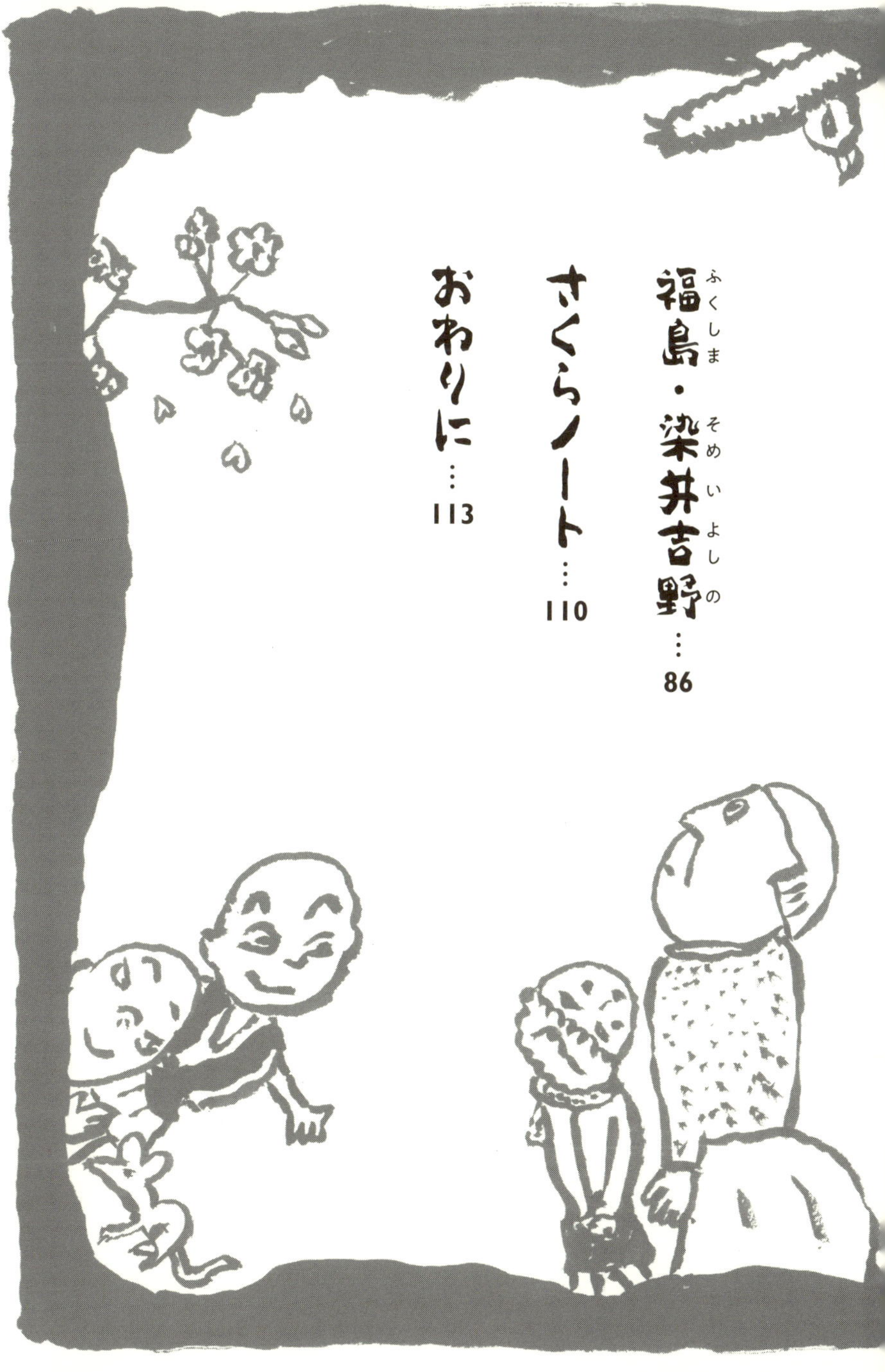

「ああ、また忙《いそが》しくなりますね、先生！」

えー、このひと、まだ、寝《ね》てる！　わたしは、透《す》き通った「さくらのカルテ箱」をまくらに、とろとろ、うつらうつらの先生を腕組《うでぐ》みしながら見おろしています。

サクラハナ・ビラ、それが先生の名前です。職業《しょくぎょう》は、精神科《せいしんか》の医師《いし》。人間の、ではなくて、さくらの、です。

そうです、さくらにだって、悩《なや》みはあるのです。サクラハナ・ビラ先生は、世界でただひとりの、さくら専門《せんもん》の精神科医《せいしんかい》。申し遅《おく》れましたが、わたしは先生の助手で、さくらふりかけ、といいます。

わたしたちは、恥《は》ずかしながら、自分たちの年齢《ねんれい》も、どこの国の生まれかも知りません。ですから、これが自《じ》己紹介《こしょうかい》のすべてです。あとは、みなさんのご想像《そうぞう》にお任《まか》せします。大丈夫《だいじょうぶ》、だってこれから始まるお話の主人公は、わたしたちでなく、さくらですから。

わたしが「忙《いそが》しくなる」と言ったのは、開花の季節《きせつ》が近づいて、それとともに、お悩《なや》み相談の件数《けんすう》がぐんと増《ふ》えるからです。たとえば、お花見の人間の声がうるさくて睡眠不足《すいみんぶそく》になった、とか。ないしょの話ですが、先生はさくらたちを診察《しんさつ》するかたわら、こっそり、患者《かんじゃ》の「つぶやき」を記録《きろく》しています。といっても、記録係《きろくがかり》は、わたしです。先生は、それを集めて本を出すつもりで、もう題名も決まっています。「さくらのつぶやきコレクション」。つまんない題だと思います。

「いったい、いつまで寝《ね》てるんですか。いいかげんに、はい、おはようございます！」

　わたしは、「さくらのカルテ箱」を、両手でぐいと押《お》して、「もう、大事なカルテをまくらにするなんて」。えい、最後《さいご》にひと押《お》し。

「わ、たいへん！」

　先生の頭が、がっくり落ちて、ごん、と音をたてたからじゃありません。大事な箱が、えい、の拍子《ひょうし》にぱくっと口をあけ、中にぎっしり入っている、さくらの花びら形のカルテが、ばらばらおどりでてきたからです。何枚《なんまい》あるのかもわかりません。カルテは二つ折《お》りで、大きさはだいたい同じですが、色は少しずつ違《ちが》っています。もちろん、さくら色。濃《こ》かったり、薄《うす》かったり。古びてまわりがちりちりしていたり、黄ばんだものもあります。なかには、あやしく光る花びらも混《ま》じっています。わたしが途方《とほう》にくれて、その一枚《まい》を手にとったとき、ねぼけ声が言いました。

「ああ、よく寝《ね》た。もう春じゃなあ」

長い長い、まるでクマの冬眠《とうみん》のようなお昼寝《ひるね》から覚《さ》めたサクラハナ・ビラ先生は、「ううん」と、のびをすると、はらばいのまま、ちらばったカルテの中の、とりわけ古びた一枚《まい》に、手をのばしました。

わ、まずい！　ねぼけて、鼻でもかまれたら、たいへんだ。

「先生、だめです。カルテをくしゃくしゃにしては。ノー、ノー」

先生は、はっとして、手にしたカルテを見つめました。

「うむ、おっとっと、じゃな。あやうく、カルテをもみもみして、鼻をかむところじゃった。おや、それにしても、これは……」

先生は、手にしたカルテが、もう、さくらの花びら形ともいえないほど、よれよれになって、色も黄ばみ、ぽちぽち小さな黒い穴《あな》まであいているのを、あきれた顔で見ていたのでした。

「こりゃ、いつごろのものかなあ、ずいぶん年季《ねんき》が入っとる。ふりかけ、覚《おぼ》えておるかね」

ビラ先生は、手にしたカルテをそっと開きました。そっとしないと、このカルテはいまにも崩壊《ほうかい》しそうでした。

「ほっほー」と、フクロウみたいに先生が鳴いたので、きっと、このカルテの中身は先生の興味《きょうみ》を引くものだったのでしょう。しばらくだまってカルテをながめたあと、先生は、ぽつりと言いました。

「そうじゃったなあ。本物のさくらの木が、ふすまに描《えが》かれたさくらに嫉妬《しっと》して、眠《ねむ》れなくなったときのカルテじゃ。ほいほい、思い出したぞ、あのときの薬は、たしか……」

鏡《かがみ》、でした。あのときの処方箋《しょほうせん》に、「かがみ」と、先生のへたくそな字で書いてありました。わたしは、ちゃんと覚《おぼ》えています。だって、わたしが、あのさくらの木の前に、ばかでかい鏡《かがみ》を立てたんだもの。重いのなんの、ものすごく重かった。でも、さくらの木の不眠症《ふみんしょう》は、治《なお》りました、ものの見事《みごと》に。鏡《かがみ》に映《うつ》った自分の姿《すがた》を見た日の夜から、さくらは、ぐっすり眠《ねむ》れるようになって、わたしたちは、それはそれは感謝《かんしゃ》されたものです。わたしは、鏡《かがみ》を運んだだけ。治療《ちりょう》したのは先生です。ああ見えても、先生は名医です。もちろん、記録係《きろくがかり》のわたしは、ときどき居眠《いねむ》りしていた先生にかわり、患者《かんじゃ》が話すことを、ぜんぶ記録《きろく》しました。それが、いま、先生が手にしているカルテです。

それは、ずっとむかしのことでした。もちろん、みなさんは生まれていないし、みなさんのおじいさんのおじいさんも、生まれていないころでした。けれども、サクラハナ・ビラ先生と、助手で記録係《きろくがかり》のわたしは、いました。だって、さくらの患者《かんじゃ》は、そのころも、いっぱい、いたのですから。

これは、古いカルテに書かれた、あるさくらのお話です。このさくらは、みなさんが毎年、春になると全国各《かく》地《ち》でながめる、染井吉野《そめいよしの》ではありません。もっと大きくて白い花が咲《さ》く、太白《たいはく》という、いまではとても珍《めずら》しくなったさくらです。それでは、太白《たいはく》さんの「つぶやき」をのぞいてみることにいたしましょう。

京都《きょうと》・太白《たいはく》

患者名《かんじゃめい》：桜花寺《おうかじ》の太白《たいはく》
病名《びょうめい》：不眠症《ふみんしょう》
主《おも》な原因《げんいん》：嫉妬《しっと》
処方箋《しょほうせん》：鏡《かがみ》
結果《けっか》：全快《ぜんかい》

わたしは、京の都《みやこ》の北のはずれにある、桜花寺《おうかじ》のさくらです。それほど若《わか》くもありませんが、それほど年寄《としよ》りでもありません。わたしたち樹木《じゅもく》は、なぜ大地に縛《しば》りつけられて、どこにも行けないのでしょうね。ああ、眠《ねむ》れなくていらいらする夜ほど、自由に歩き回れたら、と思うことはありません。

眠《ねむ》れないわたしをこうこうと照《て》らすお月さんは、その大きさや輝《かがや》きを変《か》えながら、天の道を行ったり来たりできるのに。わたしがこんなに眠《ねむ》れなくなったのは、あの旅の絵師《えし》が、この寺に来たからです。ええい。聞いてください、先生。


「たのもう、たのもう」

お寺の玄関《げんかん》で、だれかの声がします。わたしは耳を澄《す》ませました。わたしは本堂《ほんどう》の脇《わき》の、書院と呼《よ》ばれる部屋の前に立っています。一昨年《おととし》の冬のことでした。雪も降《ふ》らず、冷《つめ》たいだけの冬でした。

「わたしは、絵師《えし》、長谷桜玄《はせおうげん》と申します」

大きなお寺ではないので、眉毛《まゆげ》の白い和尚《おしょう》さんのほかは、よその寺から預《あず》かった二人の若《わか》い僧《そう》と、雑用係《ざつようがかり》の小坊主《こぼうず》しかいません。玄関《げんかん》に出ていったのは、和尚《おしょう》さんのようでした。低《ひく》い声で長い間、二人は話し、最後《さいご》に、小さな笑《わら》い声が聞こえました。この日から、絵師《えし》は桜花寺《おうかじ》に暮《く》らすことになりました。

「ふすま一面に、さくらをお描《か》きくだされ。あふれるような花をつける、さくらを、この書院に咲《さ》かせていただきたい」と和尚《おしょう》さんは、絵師《えし》に言いました。

「あいかわらず、役に立たんのう。何をやらしても、中途半端《ちゅうとはんぱ》じゃ。春慶《しゅんけい》、仏様《ほとけさま》は見ておられるぞ」

和尚《おしょう》さんが、はあっとため息をつきました。和尚《おしょう》さんの前に立っているのは、春慶《しゅんけい》という名の小坊主《こぼうず》です。やせた肩《かた》が震《ふる》えています。ちょうどわたしの所から、後ろ向きの姿《すがた》が見えました。はだしの足は、しもやけで赤くなって、痛《いた》がゆそうでした。足もとには、ぬれたぞうきんが、水を含《ふく》んで置《お》かれています。いつだって、絞《しぼ》り方がゆるすぎる、と小言《こごと》を言われ、小坊主《こぼうず》は目も赤くしているのでした。わたしは、こうして庭に立っているだけですが、何もかも見ています。

「よいか、きょうからおまえは、書院でふすま絵を描《か》かれる桜玄《おうげん》どのの助手をつとめるのじゃ。おまえがよいと言われたゆえ、な。ほかの用事はそのあとじゃ。寝《ね》る暇《ひま》など、ないぞ」

こうして、小坊主《こぼうず》は絵師《えし》の助手になりました。助手といっても、絵筆を持ったこともありません。絵師《えし》は、そのことを知っても、眼《め》を細め、だまってうなずくだけでした。小坊主《こぼうず》は、庭に面した廊下《ろうか》の隅《すみ》で、いっそう小さくなって、絵師《えし》に呼《よ》ばれるのを待ちました。

それから、何日もたちました。けれども絵師《えし》は、色あせて絵柄《えがら》もぼやけて見えなくなったふすまの紙を、小坊主《こぼうず》に手伝《てつだ》わせて丁寧《ていねい》に張《は》り替《か》えただけで、あとは何を描《えが》くでもなく、冷《つめ》たい廊下《ろうか》に座《すわ》って、しんとした庭をながめているのでした。

ときどき、絵師《えし》の視線《しせん》がわたしのからだを通り過《す》ぎていきます。冬芽《ふゆめ》はついているものの、すっかり葉を落としたはだかのわたしは、その視線《しせん》に出会うと、小坊主《こぼうず》みたいに身を縮《ちぢ》めるのでした。

「春慶《しゅんけい》どの」

と、絵師《えし》は細い声で、白湯《さゆ》を持ってきた小坊主《こぼうず》に言いました。小坊主《こぼうず》に向かって、春慶《しゅんけい》どの、と呼《よ》ぶのは、この絵師《えし》だけです。小坊主《こぼうず》の青白い顔は、そう呼《よ》ばれるたびに、さくら色に染《そ》まるのでした。

「なかなか、よい姿《すがた》だと思いませんか」

だれのことを言っているのでしょう。この庭の木は、わたし一本だけ。花の季節《きせつ》は「うつくし」とほめてもらえるのですが、冬は見向きもされません。凍《い》てついた庭に、殺風景《さっぷうけい》なわたしが立っています。

「はい……このさくらの木は、両の手を、手首のところであわせて、花のように開いた姿《すがた》に見えます」

小坊主《こぼうず》は、うつむいたまま、小さな声で言いました。

「ほほう、春慶《しゅんけい》どのは、よく見ておられる。さくらは、花の季節《きせつ》だけがうつくしいのではない。年中、うつくしい」

年中？　わたしは絵師《えし》のことばに、思わず声を上げそうになりました。もちろん、わたしの声など、人には聞こえません。それに、さくらといっても、何もわたしだけのことを言っているわけでもないでしょう。世の中には、星の数ほどさくらがあると聞いています。そしてそれは、みなうつくしい、と。わたしは、自分の姿《すがた》をいちども見たことがありません。池の端《はし》に立っているさくらならば、水面《みなも》に映《うつ》った自分を見ることができるのでしょうが、ここに池はないのです。

絵師《えし》は、しばらくだまったまま、手にした湯呑《ゆのみ》の温かさを楽しんでいるようでした。ゆらり、と湯気が上がっています。ききき、とするどく百舌鳥《もず》が鳴いて、わたしの頭の上を横切っていきました。庭のかわいた地面に、鳴き声があとをひいています。

「木の姿《すがた》も、うつくしい。年月を経《へ》て、大きくなったさくらの木は、ことのほか」

絵師《えし》は、白湯《さゆ》をひとくち飲むと、わたしをじっと見つめました。

「春慶《しゅんけい》どの、そなたは、さくらの何がうつくしいと感じますかな」

自分の考えなど、たずねられたこともない小坊主《こぼうず》が、はっとして顔を上げました。

わたしには、その胸《むね》のうちがよくわかります。小坊主《こぼうず》のほおが、濃《こ》いさくら色になりました。

「わたくしは、秋の落ち葉もうつくしいと思います。はだかの木に、少しだけ雪が積《つ》もっているようすも、好《す》きでございます。それから……」

小坊主《こぼうず》は、一気に言うと、そこでひと息ついて、続《つづ》けました。

「それから、青葉のころに、枝《えだ》からぶら下がる毛虫の糸が……細くて透《す》き通った糸が、好《す》きでございます」

そう言った小坊主《こぼうず》の瞳《ひとみ》には、それまで見せたことのない、ひかりがありました。

そんなようすを、絵師《えし》は静《しず》かに見つめています。百舌鳥《もず》の声はもう、聞こえません。

そののち、また何日も、絵師《えし》はぼんやりと、こんどは張《は》り替《か》えたばかりの、白いふすまをながめて過《す》ごしました。


「描《か》かんのう、あの絵描《えか》き。毎日、じいっとふすまを見とるだけじゃ」

ただ飯《めし》を食うだけかもしれん。いやいや、あやつ、絵師《えし》などではないかもしれん、と言い交《か》わす声が、本堂《ほんどう》から聞こえてきます。よその寺から修行《しゅぎょう》に来た、若《わか》い二人の僧《そう》の声でした。小坊主《こぼうず》に、いつもつらく当たる、二人でした。

どうやら、だれもが、小坊主《こぼうず》でさえも、もちろんわたしも、この絵師《えし》はにせものかもしれぬ、と思うようになっていたのです。この寺は、大きくもなく豊《ゆた》かでもありませんでしたが、それでも雨風はしのぐことができ、質素《しっそ》ではあっても食事も出ます。家がなく、放浪《ほうろう》するしかない人にとって、これほどの幸運があるでしょうか。

それは、冷《つめ》たいだけの冬の風に、ひとすじの温かいひかりが、混《ま》じりはじめたころのことでした。わたしの枝《えだ》のつぼみも、少しずつ膨《ふく》らんで、庭にも若《わか》い緑が目立つようになっています。

ついに、がまんの袋《ふくろ》が、びりりと破《やぶ》れた和尚《おしょう》さんが、「さくらの絵は、どうなっておりますかのう」と、強い調子で絵師《えし》にたずねました。

「お経《きょう》を聴《き》いていると、心がまっしろになって、まぶたの裏《うら》でさくらが枝《えだ》をのばし、つぼみをつけて、やがて咲《さ》きはじめます。それを待っております」

絵師《えし》は、おだやかに言うと、和尚《おしょう》さんに深々《ふかぶか》と頭を下げました。あきれかえった和尚《おしょう》さんが出ていくまで、絵師《えし》は頭を上げませんでした。やがて、本堂《ほんどう》から、高く低《ひく》く、お経《きょう》を読む和尚《おしょう》さんの声が聞こえてきました。

その夜のことでした。大きな月が、土塀《どべい》の向こうから昇《のぼ》ってきました。わたしのまわりは、菜《な》の花畑のように輝《かがや》いて見えます。

「おうおう、よい月。よい月に照《て》らされて、よい樹影《じゅえい》ではないか。なんとなんと」

絵師《えし》は、月を見上げ、弾《はず》んだ声でそう言うと、後ろに控《ひか》えていた小坊主《こぼうず》を振《ふ》り返り、「墨《すみ》をすりなされ。たっぷりと、すりなされ」と言いました。それは、何かが始まる合図でした。月のひかりの中に立っているだけのわたしにも、絵師《えし》の心の動きが、見えるようでした。

小坊主《こぼうず》は、はじかれたように立ち上がると、

「承知《しょうち》いたしました」と、張《は》りのある声で言いました。

それからというもの、絵師《えし》は人が変《か》わったようになって、朝早くから夜遅《よるおそ》くまで、小坊主《こぼうず》が運んできた粥《かゆ》をすすることも忘《わす》れ、ひたすらふすま絵を描《か》くようになりま

した。

本来ならば、どこかの画室で絵師《えし》が描《えが》いたものを寺に運び、職人《しょくにん》がふすまに仕立てるのだそうです。けれども、この寺はそのようなゆとりもないので、絵師《えし》と小坊主《こぼうず》が不器用《ぶきよう》に張《は》り替《か》えたふすまに、絵師《えし》はじかに描《えが》くのでした。

はじめのころは、小坊主《こぼうず》の仕事は、ひたすら墨《すみ》をすることでした。絵師《えし》は、まず四枚《まい》のふすまを、大きな一枚《まい》の画面に見立て、左から二番目のふすまにさくらのごつごつした太い幹《みき》を描《えが》きました。小坊主《こぼうず》のすった墨《すみ》を、大きな筆にたっぷり含《ふく》ませて。ええいっ。やがて、その幹《みき》から左右のふすまに枝《えだ》がのびてきます。描《か》き続《つづ》けると、春慶《しゅんけい》が言った「花のように開いた」木の姿《すがた》になって、一番右のふすまには、わずかにのぞいた枝《えだ》の先が描《えが》かれています。庭に立っているわたしは、もともと遅《おそ》咲《ざ》きなのですが、すでに花の季節《きせつ》も終わり、枝《えだ》はやわらかな緑の葉に覆《おお》われていました。絵のことが気になって、自分のことはすっかり忘《わす》れていたのです。

絵師《えし》はこれまで、どこかに写生に行くこともなく、目の前のわたしを写すことすらありませんでした。ですから、ふすまのさくらは、絵師《えし》の頭の中にだけある、さくらなのでしょう。堂々《どうどう》とした幹《みき》です。絵師《えし》は、力を込《こ》めて、けれども流れるように筆を運んでいきます。小坊主《こぼうず》は、息を止め、手もとを見つめ、そして、はっと気づくと、必死《ひっし》で墨《すみ》をするのでした。

絵師《えし》は、いちど描《えが》いた幹《みき》に、何度も墨《すみ》を重ねました。枝《えだ》には、薄墨《うすずみ》を二度三度。そうしていくうちに、描《えが》かれた木は、まるでわたしのように、生きている木になっていくのでした。それにしても、うつくしい姿《すがた》です。絵のくせに、なまいきな。これはひとりごとです。

幹《みき》や枝《えだ》が完成《かんせい》すると、次はいよいよ花。

どうやら花は、墨《すみ》ではなく、色をつけるようでした。ひと晩《ばん》水につけたニカワを火にかけて温めるのは、小坊主《こぼうず》の仕事でした。絵師《えし》は、特別《とくべつ》な岩や土からできた顔《がん》料《りょう》とニカワを指で混《ま》ぜ、水を加《くわ》えて、さらに混《ま》ぜ合わせ、絵の具を作っていきます。

小坊主《こぼうず》は、そのひとつひとつが珍《めずら》しく、熱心《ねっしん》に絵師《えし》の手の動きを見つめるのでした。

「これから、花を咲《さ》かせますぞ、春慶《しゅんけい》どの」

「なかなか、進まぬものですな」

「なにせ、花びらを一枚《まい》一枚《まい》、それも、わざとのように、ゆっくりゆっくり描《か》いておる。気が遠くなるような話じゃ」

「いっときでも長く、この寺に居《い》すわる魂胆《こんたん》じゃろ」

「うさんくさいやつじゃ。あやつのおかげで、飯《めし》の量《りょう》が減《へ》ったようじゃ」

二人の修行僧《しゅぎょうそう》が、本堂《ほんどう》で仏具《ぶつぐ》を磨《みが》きながら、こそこそ話をしています。それを仏壇《ぶつだん》の陰《かげ》で小坊主《こぼうず》が聞いていました。小坊主《こぼうず》のほおが、ぴくりと動きます。季節《きせつ》は春から初夏《しょか》へ、初夏《しょか》から夏へと変《か》わろうとしています。

絵師《えし》は、来る日も来る日も、花びらを描《えが》き続《つづ》けました。一枚《まい》、描《か》くたびに、口の中でお経《きょう》を唱《とな》え、また、一枚《まい》、そして一枚《まい》。太い幹《みき》から縦横《じゅうおう》にのびる枝《えだ》は、ちぎれた雲のような白い花のかたまりに覆《おお》い尽《つ》くされ、重く垂《た》れさがっているものさえありました。花は一重《ひとえ》、それも大きい。花びらは白いのですが、芯《しん》の部分は、薄紅《うすべに》色。なぜか、つぼみも同じ色をしています。うまいものです。ひと筆、絵師《えし》が色をさすごとに、木の隅々《すみずみ》にいのちが、ふう、ふう、と吹《ふ》き込《こ》まれ、さくらは、春爛漫《はるらんまん》の姿《すがた》になっていきます。絵師《えし》と小坊主《こぼうず》には、昼も夜もありませんでした。

さくらの木の半分以上《いじょう》が花に覆《おお》われたころのことでした。

「こやつ、大切なニカワをくわえて逃《に》げよった。えい、待て、えいえい、それを返せ」

小坊主《こぼうず》が、珍《めずら》しく声を上げて、廊下《ろうか》を走っていきます。小坊主《こぼうず》の先をゆくのは、なにやら大きな灰色《はいいろ》のかたまり。あれっ、ねずみです！　ニカワを、長い前歯にくわえ、ごまのような目をぴかりと光らせ、書院の中をぐるり一周《いっしゅう》し、小坊主《こぼうず》をあざ笑《わら》うかのように、ねずみは、廊下《ろうか》の奥《おく》に姿《すがた》を消しました。そこに二人の修行僧《しゅぎょうそう》が現《あらわ》れ、「やれ、くやしいのう。大事なニカワを盗《ぬす》まれた。まぬけなことよ。ひっひっひ」と笑《わら》いました。

そのころ、寺の和尚《おしょう》さんは、隣国《りんごく》にある知り合いの寺に招《まね》かれていて、まるまるひと月、留守《るす》でした。

「わしが戻《もど》るころには、書院のさくらは満《まん》開《かい》じゃろう」

そう言って旅に出たのでした。和尚《おしょう》さんのいない寺で、絵師《えし》と小坊主《こぼうず》は、なんだか意地悪《いじわる》な修行僧《しゅぎょうそう》や、どろぼうねずみに悩《なや》まされながら、ひたすら、さくらを咲《さ》かせていたのです。

夏も終わりに近づき、朝夕の風がひんやりと感じられるころのことでした。暑さの厳《きび》しい夏だったので、わたしも疲《つか》れ果《は》て、葉の色も、かわいたような緑に変《か》わっていました。ようやく、秋が来ようとしています。

「ほう、これは見事《みごと》じゃ。立派《りっぱ》なさくらが咲《さ》いておる。できましたな、桜玄《おうげん》どの」

旅から戻《もど》った和尚《おしょう》さんは、書院に入るなり、言いました。

「いえ、まだ、少し手を入れねばなりません。あと五日もすれば、完成《かんせい》でございます」

とほうもない数の花びらを描《えが》き続《つづ》け、すっかりやつれてしまった絵師《えし》が、少しあわてて言いました。和尚《おしょう》さんが書院から出ていくと、ふたたび絵師《えし》と小坊主《こぼうず》の仕事が始まりました。

それからしばらくは、これが最後《さいご》とばかりに、わたしの幹《みき》に止まって羽を震《ふる》わせるセミの声だけが、書院を満《み》たしていました。そんなとき、おや、本堂《ほんどう》でなにやら騒《さわ》がしい声がしています。わたしは耳を澄《す》ませました。

「和尚《おしょう》さま、なくなっております。ここにおすわりになっていた、菩薩《ぼさつ》さまのお像《ぞう》が、ありません」

悲鳴《ひめい》のような声でした。けさ、掃除《そうじ》したときは、ちゃんとここにおすわりになっていた。そうだ、確《たし》かに。そんな声が聞こえます。

菩薩《ぼさつ》さまのお像《ぞう》とは、古くからこの寺に伝《つた》わっているもので、ご本尊《ほんぞん》の脇《わき》に置《お》かれ、高さが、大人の小指ほどしかない、金箔《きんぱく》をはった小さな木像《もくぞう》でした。名高い仏《ぶっ》師《し》の作で、口もとにかすかな微笑《びしょう》が浮《う》かんでいる、穏《おだ》やかなお顔の、和尚《おしょう》さんのご自慢《じまん》の仏像《ぶつぞう》でした。

日ごろ、あれほどお経《きょう》をよみ、祈《いの》りの日々《ひび》を送っているはずなのに、しょせん人間は人間ですね。木のわたしから見ると、そう思えます。なぜなら、仏像《ぶつぞう》がなくなったのは、だれかが盗《ぬす》んだからで、それは、いまでも得体《えたい》のしれない、旅から旅へ放浪《ほうろう》しているあの絵師《えし》に違《ちが》いない、と調べもせずに決めつけたからでした。同じ屋根の下に暮《く》らしているのに、人を信《しん》じないなんて、信《しん》じられません。若《わか》い二人の修行僧《しゅぎょうそう》が「盗《ぬす》んだのは絵師《えし》に違《ちが》いない」と言いつのると、和尚《おしょう》さんは、「それほどに言うなら、本人に問うてみよう」としぶしぶ腰《こし》を上げました。

和尚《おしょう》さんは、夕暮《ゆうぐ》れどき、本堂《ほんどう》に絵師《えし》と小坊主《こぼうず》を呼《よ》んでたずねました。

「もしや、菩薩像《ぼさつぞう》をどこかに持っていかれましたかな」

和尚《おしょう》さんに問われた絵師《えし》の答えは、こうでした。

「わたしではございません。もちろん、春慶《しゅんけい》どのでもありません。ここにおられる、

ご本尊《ほんぞん》さまにお誓《ちか》い申します。されど、そのような疑《うたが》いを持たれたからには、もうここに置《お》いていただくわけにはまいりません。あとわずかで絵も仕上がります。長い間、お世話になりました」

最後《さいご》の花びらの一枚《まい》を、絵師《えし》が描《か》き終えたのは、翌々日《よくよくじつ》のことでした。それは、いままでの白い花びらではなく、少し薄紅《うすべに》がさしてあり、大きく余白《よはく》をとった、いちばん右のふすまに描《えが》かれ、風に吹《ふ》かれて春の空に舞《ま》いあがるように見えました。

「春慶《しゅんけい》どの、御苦労《ごくろう》でした。よくお手伝《てつだ》いくださった。さくらは、よいものです。嘘《うそ》もつかず、疑《うたが》うこともしない。毎年、決まった時期に花をつけ、だまっておのれを大きく育てていく。そんなさくらを描《か》きたかったのです。さて、また、旅に出ますかな」

絵師《えし》は、小坊主《こぼうず》に手伝《てつだ》わせて書院を隅々《すみずみ》まで掃《は》き清《きよ》め、荷物をまとめると、仕上がった四枚《まい》のふすま絵を残《のこ》し、寺を出ていきました。

出発前に、廊下《ろうか》で庭のわたしをじっと見つめ、なにやらつぶやきましたが、その声はわたしの耳には届《とど》きませんでした。

後味の悪い幕切《まくぎ》れだったにもかかわらず、絵師《えし》の描《えが》いたふすま絵は、人から人へとその評判《ひょうばん》が伝《つた》わって、やがて寺には、その絵を見ようと、大勢《おおぜい》の見物客が訪《おとず》れるようになりました。

「こりゃ、見事《みごと》なさくらで。こうして年中、花が見られるのは、よろしいですなあ」

「これさえあれば、もう本物はいらぬ」

「まるで、生きておるようじゃ」

毎日のように見物客たちは、同じことを話して帰ります。年中、咲《さ》いているのがそんなによいか。本物より絵のさくらの方がよいのか。わたしは、だんだん、腹《はら》が立ってきました。確《たし》かに、ふすまのさくらはすばらしい。それはわたしも認《みと》めます。春もまだ浅《あさ》い日のことで、わたしのつぼみは、まだ固《かた》く、咲《さ》くのには日にちが必要《ひつよう》でした。

その日の午後、見物客がいなくなった書院の前の廊下《ろうか》を、いつものように小坊主《こぼうず》がほうきで掃《は》いていたときのことでした。

「ああっ、花びらが」

なんということでしょう。ふすまの中から一枚《まい》の花びらが、ひらひらと廊下《ろうか》の方に舞《ま》い出てきたのです。よく見ると、それは、あの最後《さいご》に描《えが》かれた花びらでした。

わたしは、震《ふる》えました。ふすまのさくらは、もう、絵とも思えません。だれが見ても、いいえ、本物のさくらであるわたしが見ても、それはさくらであり、舞《ま》っているのは、花びらでした。薄紅色《うすべにいろ》の花びらは、小坊主《こぼうず》の前を、ひらりひらり、廊下《ろうか》の奥《おく》へと流れていきます。

「や、これは」

花びらを追っていた小坊主《こぼうず》が、廊下《ろうか》の奥《おく》で声を上げました。花びらは落ちたところでふっと消え、小坊主《こぼうず》はそこで何かを見つけたようでした。

「なに、廊下《ろうか》の奥《おく》の板戸の隅《すみ》にねずみ穴《あな》があって、そこに菩薩《ぼさつ》さまがおわしたと?」

和尚《おしょう》さんの目の前で、菩薩《ぼさつ》さまが微笑《ほほえ》んでおられます。つまりはニカワと同じ、ねずみのしわざでした。菩薩《ぼさつ》さまのからだの一部には、ねずみのするどい歯でかじられたあとがありました。

「あの絵師《えし》に、気の毒《どく》なことをしてしもうた。まだまだわしも、修行《しゅぎょう》が足りんということじゃ」

がっくり肩《かた》を落とした和尚《おしょう》さんは、菩薩《ぼさつ》さまをもとの場所に安置《あんち》し、うやうやしくお経《きょう》を唱《とな》えはじめました。ばつの悪そうな、二人の若《わか》い僧侶《そうりょ》たちも、それに続《つづ》きました。
この不思議《ふしぎ》なできごと以来《いらい》、ふすまのさくらは、ますます名高く、「見れば見るほど、うつくしい。不思議《ふしぎ》なさくらじゃ、ありがたい、ありがたい」と拝《おが》む人さえあらわれました。本格的《ほんかくてき》な春が来て、わたしも花を咲《さ》かせています。重くなった枝《えだ》の先で、花のかたまりから、風のたびに白い花びらがこぼれます。わたしは、本物です。けれども、みんな、ふすま絵ばかり見ては、ほめるのです。

こうしたわけで、わたしは、眠《ねむ》れなくなりました。くやしい。くやしくて、夜も眠《ねむ》れない。そんなときです。南の国からやってきた声のよい鳥が、サクラハナ・ビラ先生のことを教えてくれたのです。もちろん、わたしは患者《かんじゃ》になりました。これまでのことを、先生に聞いてもらいました。そして、「鏡《かがみ》」です。珍《めずら》しく見物客のいない昼下がり、気がつくと、わたしの前に、見たこともない大きな鏡《かがみ》が置《お》かれていたのです。

「ああっ」

その鏡《かがみ》に映《うつ》ったのは、書院のふすま絵そっくりの、わたしの姿《すがた》でした。わたしは、眠《ねむ》れるようになりました。

小坊主《こぼうず》は、庭のわたしを振《ふ》り返り、見物客に言いました。

「あのさくらが、このさくらです」

これで、太白《たいはく》さんの「つぶやき」は終わりです。「つぶやき」にしては、長い？　そうそう。けれどもわたしは、庭に運んだ重い鏡《かがみ》のこと、そして、太白《たいはく》さんの見事《みごと》な花が目に浮《う》かび、ぐっときたのでした。

「そうそう、鏡《かがみ》はよく効《き》いたな。わしの処方《しょほう》は、たいしたものじゃ。名医、名医。それにしても、なんと古い話であることよ」

サクラハナ・ビラ先生は、さくら色のため息を、ほおっとつくと、ぼろぼろのカルテを、しばらくいとおしそうになでていました。そんなになでると、毛ばだちますよ。もう。助手のわたしは、気が気ではありません。カルテの永久《えいきゅう》保管《ほかん》も、わたしの仕事だからです。

「そういえば、あの小坊主《こぼうず》、さくらの寺で立派《りっぱ》な和尚《おしょう》になったらしい」

ビラ先生は、いまにもお経《きょう》を唱《とな》えそうな、神妙《しんみょう》な顔で、むにゃむにゃ言いました。

ところであの絵師《えし》は、どうなったんだっけ。わたしも、古い記憶《きおく》を探《さぐ》ってみます。ええと……。

「あの絵師《えし》は、全国を回って、あちこちの寺でさくらを描《か》いた。いまでも残《のこ》っているふすま絵もあると聞いた。答えはこれでよいかな?」

恐《おそ》れ入りました、読まれていました。さすが先生。あの、嫉妬《しっと》で眠《ねむ》れなくなった太白《たいはく》さんは、回復《かいふく》後、長い年月を生き、接《つ》ぎ木で子孫《しそん》を残《のこ》して、ことしも立派《りっぱ》な花を咲《さ》かせています。珍《めずら》しいさくらなので、マイニチ新聞に出ていました。

あのころ全国でたくさん植えられていた太白《たいはく》も、いまではぐっと少なくなって、染井吉野《そめいよしの》ばかりが、「さくら」だと思われています。確《たし》かに染井吉野《そめいよしの》もきれいです。でもね、わたしたち、ご縁《えん》があったので、ちょっと残念《ざんねん》な気持ちです。ほんと、白くて大きな花は、とっても見事《みごと》ですから。

わっ！　また、居眠《いねむ》り。先生、起きてください、もう一枚《まい》ぐらい、読みましょうよ。忙《いそが》しくなる前の、カルテ整理のついでですから。同じような症例《しょうれい》に、出合うか

CA
R

もしれないでしょ。わたしは、先生の腰《こし》に巻《ま》かれた、さくら色のベルトをひっぱりました。それは、いまはやりのラバーでできていて、ぬめっとした感じが、先生のお気に入りでした。

「うるさい、眠《ねむ》い。どれでも、おまえさんの好《す》きなものを出して読みなさい」

先生はそう言いながら薄目《うすめ》をあけ、一枚《まい》のカルテを箱から取り出しました。

さくらの精神科医《せいしんかい》、サクラハナ・ビラ先生が取り出した、ドイツ語のカルテは、さくら色が他のカルテよりずっと濃《こ》くて、目を引きました。そう、あの華《はな》やかな八重《やえ》桜《ざくら》のような色です。え、なになに？「さくらふりかけは、ドイツ語ができるの？」ですって？　あああ、みなさんはわかっていませんね。わたしは、世界中に患者《かんじゃ》がいるドクターの、えへん、ただひとりの助手で、記録係《きろくがかり》ですよ。ドイツ語ぐらいできなくてどうします。

さくらの原産地《げんさんち》はヒマラヤ周辺《しゅうへん》、分布《ぶんぷ》はヨーロッパ、西シベリア、東アジアなどなど、北半球ほぼ全域《ぜんいき》に広がってきたのですよ。いまでは植樹《しょくじゅ》されたさくらが、南半球にもあちこちで咲《さ》いている。だから、わたしは、こう見えても、何語だってできるのです。わかりましたね、みなさん。

「何をぶつぶつ、言っておる。君はだんだん、わしに似《に》てきたな。よしよし、さくらもちでも食べながら、このドイツ語カルテを、読もうじゃないか」

少しはしゃんとした先生が言いました。さくらもちで、しゃんとしたのかもしれません。さくらもち、食べたい。わたしは誘惑《ゆうわく》を振《ふ》り切って、カルテを開きました。食べながらは、御法度《ごはっと》です。だって、あんこがぺちょっとついたりしたら、たいへんでしょ？　よだれが垂《た》れるとか。

おお、考えただけでNG！

「ああ、先生、このカルテのさくら、もしかして、おばあさんに毎日、話しかけられて、ひどい肩《かた》こりになった、ベルリンの八重桜《やえざくら》じゃありません？」

だんだん思い出してきました、雲海《うんかい》のように濃《こ》いさくら色が続《つづ》く、長い並木《なみき》の一本。そう、先生が患者《かんじゃ》を診《み》たのは、四月の終わりごろでした。ハチがたくさん飛《と》んでいて、ゆっくり患者《かんじゃ》の話を聞くどころではなかった。なぜって、先生、ハチが大の苦手でしたから。

「あのとき、小さな黄色いハチがいっぱい、いましたね。ちくり」。先生は思い出して顔をしかめ、あのとき刺《さ》された鼻の頭をなでました。わたしは、ゆっくりカルテを読み上げます。とたんに、むせるような花の香《かお》りが押《お》し寄《よ》せ、どこかで、ヒバリが鳴きました。

ベルリン・八重桜《やえざくら》

患者名《かんじゃめい》：ベルリンB通《ビーどお》りの八重桜《やえざくら》
病名《びょうめい》：肩《かた》こり
主《おも》な原因《げんいん》：おばあさんの謎《なぞ》めいた言動《げんどう》
処方箋《しょほうせん》：なりゆき
結果《けっか》：全快《ぜんかい》

グーテン・ターク（こんにちは）、ぼくは、いまから二十年前に、ドイツの首都ベルリンにあるB通りに植えられた八重桜《やえざくら》です。さくら精神科《せいしんか》の名医、ビラ先生に話を聞いてもらえるなんて、それだけで肩《かた》の力がほっと抜《ぬ》ける感じです。ぼくの肩《かた》は、こちこち。本当につらかった。理由がわからないということが、こんなに疲《つか》れることだなんて、思ってもみませんでした。

その人の名は、エヴァ。たぶん八十歳《さい》ぐらい、灰色《はいいろ》がかった青い目、白髪《しらが》を耳もとで切りそろえ、金の小さなイヤリングをつけています。細くてきれいな声で、やさしく話しかけてきます。だれに、ですって？　ぼくに、です。それが実は、ぼくの悩《なや》みの種《たね》だったのです。聞いてください、先生。

エヴァが近所に建《た》ったばかりのアパートメントの二階に引っ越《こ》してきたのは、ちょうど二年前の春のことでした。いまと同じ、花の時期も終わろうとしていました。両側《りょうがわ》に二百本の八重桜《やえざくら》が植えられた、うねうねと南北にのびる道は、散《ち》った花びらに埋《う》めつくされ、まるでピンクのヘビのように見えました。

エヴァの部屋は、さくら並木《なみき》に面していて、窓《まど》をあけると、すぐ前にぼくが立っています。ぼくの高さは、五メートル。ですから、ぼくからも部屋の中が見えるので、きょうは何時に起きたとか、コーヒーに砂糖《さとう》を何個《なんこ》入れたとか、ぼくはエヴァの毎日を、ほとんど知っていました。エヴァは、きれい好《ず》き、暮《く》らし方も丁寧《ていねい》です。窓際《まどぎわ》のまっかなゼラニウムは、いつも元気よく咲《さ》いていて、窓《まど》ガラスもみがきこまれ、レースの短いカーテンは、しみひとつありません。ひとり暮《ぐ》らし。だれも訪《たず》ねてきません。エヴァは、ひとりぼっちのおばあさんでした。

引っ越《こ》してきてしばらくすると、エヴァはさくら並木《なみき》の道を散歩《さんぽ》するようになりました。いえ、正確《せいかく》に言うと、散歩《さんぽ》というより、何かを探《さが》して歩いているように見えました。

エヴァは毎日のように、この道を行ったり来たりしていました。

「懐《なつ》かしいあの木に、いちばん似《に》ているのは、どれかしら」

何日かたって、エヴァが立ち止まったのは、ぼくの前でした。エヴァは、ぼくを見上げ、大きく息をしました。

「そうよ、この木、これだわ」

エヴァの節《ふし》くれだった細い指が、ぼくの幹《みき》にふれました。

その日からエヴァは、毎朝、ぼくのところに来るようになりました。もう、並木《なみき》道《みち》を行ったり来たりもせず、大きな鉄のノッカーを付《つ》けた、アパートメントのドアがあくと、エヴァは、まっすぐにぼくを目指して歩いてきます。そして、言うのでした。

「おはよう、クルト」

びっくりしました。え？ クルト？ え、もしかして、ぼく？ はじめは、気のせいかと思いました。それとも、エヴァのひとりごと？ ぶつぶつ言いながら歩いている人は、意外と多いのです。けれども、ぼくみたいな木に向かって名前を呼《よ》ぶ人は、いません。日がたつにつれて、「おはよう、クルト」の後に「いいお天気ね」が続《つづ》き、やがて長い話が始まるようになりました。

はじめはぼくに軽くふれていたエヴァの指が、てのひらになり、ぼくの幹《みき》をやさしくなでるようになったとき、この人は、ぼくを木ではなく、クルトという名の人間だと思っている、とわかったのでした。もちろん、エヴァはいい人です。それは、わかります。素敵《すてき》な人だとも思います。けれども、ビラ先生、だからといって、毎日、「クルト」と呼《よ》びかけられ、何《なん》のことかわからない話を延々《えんえん》とされたら、いやになるでしょう、だれだって。

うんざりしたぼくは、となりの八重桜《やえざくら》にたずねました。彼《かれ》は、「さびしいんだよ、きっと。だれも訪《たず》ねてこないし。君は、枝《えだ》の形もきれいだから、気に入られているんだ」と、笑《わら》いながら言いました。「このぼくだって、ここに遊びに来るヨハンって子になぜか気に入られて、いつも話しかけられる。それって、けっこう楽しいよ。

だから、君もそのつもりになって、あのおばあさんと仲良《なかよ》くしたら」とまで言いました。

確《たし》かに、その男の子のことは、知っています。五、六歳《さい》ぐらいで、失業《しつぎょう》中のパパと近くに住んでいて、ときどきこの並木道《なみきみち》を歩くのでした。これも、となりのさくらから聞いた話です。

エヴァの話は、その男の子のように、無邪気《むじゃき》で単純《たんじゅん》な話とは、まったく違《ちが》います。だいいち、ぜんぜん楽しくありません。ある日の話は、こうでした。エヴァは、悲しそうでした。

「だから、わたしが止めたでしょう。行かないでって。兄さんは、聞かなかった」

わかったことは、クルトはエヴァの兄さんだ、ということだけでした。

やがて夏になりました。ベルリンの夏は、さわやかです。こんな大都会なのに、森や湖がたくさんあって、市民《しみん》は短い夏を自然《しぜん》の中で思い思いに楽しみます。ぼくたちの並木《なみき》も鮮《あざ》やかな緑に輝《かがや》き、エヴァのブラウスは薄《うす》くて袖《そで》のないものに変《か》わっていました。

明るい夏にもかかわらず、ぼくの気分は冬のようでした。「クルト」、そう呼《よ》ばれるだけで、ぼくは自分がここから一歩も動けない木であることを、本当に残念《ざんねん》に思いました。

実をいうと、このころ、ぼくはエヴァの言うことを、ほとんど聞いていませんでした。というより、聞かないようにしていたのです。

ある午後のことでした。この町にしてはひどく暑く、ぼくの足もとの雑草《ざっそう》たちも、ぐったりで、涼《すず》しい夜が来るのをひたすら待っていました。元気いっぱいに跳《は》ねているのは、散歩《さんぽ》にやってきたヨハンだけでした。

そのときでした。アパートメントの重いドアが開いて、サンダルをはいたエヴァが出てきました。

「なんて暑いの、クルト」

ぼくはエヴァの視線《しせん》を避《さ》け、飛《と》び跳《は》ねるヨハンを見ていました。

「おばあちゃん、木にお話してるの？　何話してるの？　ねえ、ぼくにもしてよ」

ヨハンはエヴァのそばに来て、エヴァを見上げ、にっこり笑《わら》いました。エヴァは、はっとしたようにヨハンを見つめました。

「そういえば、あなたをときどき見かけるわね。なんてお名前？」

「ぼく、ヨハン。おばあちゃんは？」

「エヴァよ、エヴァ」

ぼくは少しだけほっとしました。だってエヴァがほかの人と話すのを、はじめて聞いたのですから。これで、もしかすると「クルト」に話しかける回数が減《へ》るかもしれません。ヨハンのパパは、近くのベンチで昼寝《ひるね》の最中《さいちゅう》でした。

「のど、渇《かわ》かない？」

エヴァはヨハンに言いました。

「はちみつ入りのレモネードがあるの。飲んでもいいか、パパに聞いてらっしゃい」

ヨハンは、ベンチのパパのところに、金色の髪《かみ》をふわふわさせながら、跳《は》ねていきます。

「かわいい子ね。クルト、あなたの子どものころに、ちょっと似《に》ていない？　ほら、あのアルバムに……」

エヴァは、ぼくの幹《みき》をなでながら言いました。ぼくがぶるっとからだを震《ふる》わせたので、枝《えだ》の端《はし》で昼寝《ひるね》をしていた毛虫が、滑《すべ》り落ちそうになりました。

「レモネードだ、レモネード」

ヨハンが、パパの手を引いて、走ってきました。

エヴァの作ったレモネードは、いい匂《にお》いがします。水滴《すいてき》のついたピッチャーには、輪切《わぎ》りのレモンがたくさん浮《う》かんでいます。見ているだけで、涼《すず》しい風が吹《ふ》いてくるようです。ぼくも飲みたい。

小さなヨハンと、ヨハンのパパと、エヴァ。三人は、切り株《かぶ》のいすにすわって、レモネードを飲みました。暑い日には、一杯《いっぱい》の冷《つめ》たい飲みものが、みんなを仲良《なかよ》しにするのです。

「この並木《なみき》は、本当にいい。春は、花のトンネル、見事《みごと》だなあ。この子は、八重桜《やえざくら》が大好《す》きなので、ここに越《こ》してきて、よかったと思ってますよ、エヴァさん」

ヨハンのパパのことばに、エヴァはにっこり笑《わら》いました。笑顔《えがお》は珍《めずら》しい。ぼくは、となりのさくらと顔を見合わせました。いい傾向《けいこう》だね、と彼《かれ》は言いました。そのことばどおり、その日、エヴァがぼくに話しかけることは、ありませんでした。

夏も終わるころ、毎日のように、ヨハンがエヴァの家に来るようになりました。

パパがようやく仕事を見つけたので、ヨハンは幼稚園《ようちえん》が終わると、エヴァのところでパパの帰りを待つようになったのです。どうしてそうなったのか、ぼくたち木にはよくわからないのですが、となりのさくらは、

「なりゆきさ。人間は、なりゆきが好《す》きだからね」

と言って、肩《かた》をすくめました。葉がよく繁《しげ》った枝《えだ》が、ざわざわと音をたてました。

ぼくたちは、ぼくたちというのは、ぼくととなりのさくらと、ヨハンとエヴァ、ということですが、よくおしゃべりをするようになりました。といっても、さくらはしゃべれませんから、そのつもりになっているだけで、もちろんぼくたちは聞き役です。エヴァの話もふつうに聞けます。「わけのわからない」が、少しずつ「わかる」ようにもなりました。

「これから、葉っぱが赤くなって、それから、はだかんぼになるんだよね」

ヨハンが、つないだエヴァの手を揺《ゆ》らしながら言いました。

「そうよ、そうして冬が終わったら、また四月の終わりには、きれいな花のトンネルができるの。楽しみね」

そのとき、ヨハンはもうエヴァのことばを聞いてはいませんでした。となりのさくらに、話しかけていいます。

「雪が降《ふ》ったら、はだかんぼは寒いよね。ぼく、冬になったら、君にマフラー、巻《ま》いてあげる」

日が短くなって、ぼくたちの葉は、赤く染《そ》まりはじめています。

「さくらは、花だけじゃなくて、こうして赤くなった葉っぱもきれい」

エヴァは、ぼくを見上げました。クルト、と声に出しては言わないけれど、エヴァは、心の中で、ぼくに呼《よ》びかけているのがわかります。でも、このころになると、それもあまり気にならなくなっていました。エヴァの顔が、前に比《くら》べて暗くなくなったからかもしれません。「小さなヨハンの、大きな力」と、となりのさくらが言いました。

「おばあちゃんは、どうしてこのさくらが好《す》きなの？」

おやつにもらった、りんごジャムのパイをさくっとかじって、ヨハンが聞きました。パイは、エヴァが焼《や》いたもので、中のジャムも手作りです。

「むかし、子どものころ住んでいた家の中庭に、さくらがあってね。一本は、これとそっくりの八重桜《やえざくら》。もう一本は、サクランボがいっぱい実る木だった。わたしのお母さんは、そのサクランボの甘煮《あまに》が入った、チェリーパイを焼《や》いてくれたの、毎年」

エヴァの指先が、ヨハンの口のまわりのパイの切れ端《はし》を、そっと落としました。

「え、チェリーパイ？　ぼくのママも焼《や》いてくれたよ」

ヨハンが目をきらきらさせながら言いました。残念《ざんねん》なことに、ママはもういないのですが。

「わたしのお父さんは、子どもが生まれると、一本ずつ、木を植えたの。生まれてきた記念《きねん》に。人は、木と一緒《いっしょ》に生きて行くんだ、って。サクランボの木が、わたしの木。八重桜《やえざくら》は、兄さんの……クルトの木」

エヴァは、左手をのばし、久《ひさ》しぶりにぼくにふれました。

「おばあちゃんのパパとママは、いまどこにいるの」

「ねえ、ヨハン、わたしは年寄《としよ》り。わたしのお父さんとお母さんは、いまはお空の上にいるのよ」

「じゃ、クルトは？　おばあちゃん、ときどき、この木をクルトって、呼《よ》んでるでしょ。ぼく、知ってるよ」

ヨハンは、いたずらっ子のような顔をして、エヴァの腕《うで》をつつきました。「すごいね、ヨハン。なんでも知ってるんだ」。となりのさくらが、笑《わら》いました。エヴァは、ため息をつきました。

「クルトも、お空の上」

「わかった、年寄《としよ》りだからね、おばあちゃんよりも」

エヴァが顔を上げ、一歩、ぼくに近寄《ちかよ》って言いました。

「ずっと若《わか》いときに、亡《な》くなったのよ。このあたりで。行かないでって、言ったのに」

「行かないでって、言ったのに」。エヴァがよく口にすることばです。最近《さいきん》は聞かなくなったけれど、はじめのころは、つまり、ぼくのイライラが最高潮《さいこうちょう》だったころ、エヴァは、何度も何度も言っていました。「クルト、行かないで」。ぼくは、もっとよくエヴァの話を聞くべきだったのかもしれません。そうすれば、いろいろなことが、もっと早くわかったかもしれない。けれども、いまはヨハンが聞き役です。

「行かないでって、どこへ?」

ヨハンは不思議《ふしぎ》そうでした。エヴァは、しばらくだまっていました。この子に聞かせていいのかどうか、迷《まよ》っているようでした。

「この道をはさんで、向こう側《がわ》から、こっち側《がわ》へ」

やっと答えたエヴァのことばに、ヨハンは笑《わら》い出しました。

「わかんないよ、どうして？　向こうからこっちに来るだけなのに」

「あのね、ヨハン、そのころは、この道の両側《りょうがわ》は、何《なん》にもなくて、だれも自由に入れない、緩衝地帯《かんしょうちたい》っていう、おかしな場所が、ベルトみたいに続《つづ》いていたの」

「ぼく、わかんない。おかしな場所って、何《なん》にもないって、どういうこと？」

小さなヨハンは、だんだん、イライラしてきたようでした。

「鳥さんは、どうなの？　飛《と》んで行けないの？　野うさぎは？　かえるさんは？」

エヴァのほおがゆるみました。

「そうね、鳥たちは、自由に行ったり来たりしていたわ。鳥はいいわね。わたしたちは、だめだった」

エヴァは、厚《あつ》い生地《きじ》のスカートについた枯《か》れ草を、この話はこれでおしまい、というように両手で払《はら》い、「オーブンに、ジャガイモのグラタンがあるわ。行きましょう」と、ヨハンの手をとりました。ヨハンは、このままわからないのは、いやそうでしたが、グラタンの誘惑《ゆうわく》には勝てないようでした。気温が下がり、夕方の風は冷《つめ》たく、あたりは夜の暗さでした。


ふたりが帰ったあと、ぼくたちは、つまりぼくととなりのさくらは、しばらくだまったままでした。彼《かれ》はこの前、ヨハンからオレンジと紺《こん》の、しましまマフラーを巻《ま》いてもらったのですが、それでもこの風の冷《つめ》たさに、身をすくめています。

「この道をはさんで、分けられていたんだ、むかし、この町は」

ぼくたちは、ここに植えられるときに、みんなが言っていたことを思い出したのでした。この道は、そのとき道ではなく、「壁《かべ》」だったということも。

ぼくたちは、壊《こわ》された「壁《かべ》」のあとの道に沿《そ》って、その両側《りょうがわ》に植えられた八重《やえ》桜《ざくら》でした。なぜさくらかというと、冷《つめ》たい灰色《はいいろ》の「壁《かべ》」は、もうごめんだ、気分が明るくなる、きれいな花の咲《さ》く木を植えよう、とみんなが考えたからでした。この町が、そのむかし、レンガとコンクリートで作られた高い「壁《かべ》」で分けられ、「東ベルリン」と「西ベルリン」というふたつの名前で呼《よ》ばれていた、なんてことは、いまでは想像《そうぞう》もできません。

ぼくたちは、早く大きくなって、きれいな花を咲《さ》かせることで、頭がいっぱいでした。ですから、見たこともない、「壁《かべ》」の話なんて、興味《きょうみ》もありませんでした。確《たし》かに、エヴァの話の中には、「壁《かべ》」ということばが、何度も出てきたような気がします。どっちにしても、楽しそうな話ではありません。ぼくたちは、悲しい話が嫌《きら》いです。

MAUER

でも、ビラ先生、人間の世界は、「どうしてそんな?」ってことが、よく起こるのですね。だって、ひとつの町を東と西に分けて、その町に生まれ育った人たちを、自由に行き来できなくするなんて、さくらの世界では、ありえませんよ。家族や友だちに会うために「壁《かべ》」を越《こ》えようとする人たちを、つかまえて牢屋《ろうや》に入れたり、鉄砲《てっぽう》でうったりしたって、聞きました。ぼくたちには、ぜんぜんわからない。人間って、がまん強いのか、おばかさんなのか。

ぼくたちは、エヴァがヨハンに、遠回しに言っていることを聞きながら、お兄さんのクルトは、ずっとむかし、暑い夏の深夜に、東から西へ、「壁《かべ》」を越《こ》えようとして、失敗《しっぱい》したということがわかりました。なんでクルトがそんなことを? そうですね、ひと言で言えば、クルトは自由になりたかった。当時、彼《かれ》の住んでいた「東」では、ひとつの考えだけが正しくて、その他の考え方で行動することは、許《ゆる》されませんでした。彼《かれ》は、それがたまらなくいやでした。みんなが同じ考えだなんて。クルトは息がつまりそうでした。なんだかおかしいと思いながら、自分の考えを口にできず、いつもだれかに監視《かんし》されているような町になんて、住みたくないでしょう？「西」には自由がある、いのちをかけてもいいほどの、自由が。クルトはそう思ったのでした。もっとも、本当の自由って、何《なん》なのか、どういうものなのか、ぼくたちさくらには、わかりません。小さなヨハンが、クルトの事件《じけん》を知って、それを理《り》解《かい》するのは、もっと先のことでしょう。そのころには、人間がもっとおりこうさんになっていれば、いいのですが。

ようやく春が来て、うれしいできごとが、道の向こうからやってきました。ヨハンに、新しいママができたのです！　ぼくたちの並木《なみき》が花のトンネルになったころ、ぼくたちは、「正式に」ヨハンの新しいママに会いました。エヴァも、うれしそうです。新しい家族、という感じです。ヨハンのママは、短い茶色の髪《かみ》で、とっても背《せ》が高くやせていますが、笑《わら》った顔が、ヨハンに言わせると「さくらみたいだ！」。ヨハンは決めているようです。もし、赤ちゃんが生まれたら、みんなでここに、さくらの木を植えよう。エヴァと目が合いました。同じことを考えている目でした。

ぱたん。ビラ先生が、八重桜《やえざくら》のカルテを閉《と》じました。

からっと乾《かわ》いた、ベルリンの空気のような軽い音でした。カルテを閉《と》じても、さくらの香《かお》りは消えません。なんてロマンチック。という、お話ではありませんでしたね。ごめんなさい。

「それにしても、わしは、さくらの話を、ただ聞いただけ。処方箋《しょほうせん》には、『なりゆき』と書いてあるが、本当の薬は、ヨハンじゃった」

ビラ先生は、珍《めずら》しく長いため息をつきました。

「あの並木《なみき》のさくら、ことしもきれいに咲《さ》くでしょうね。いろいろな人の寄付《きふ》で植えられて、もう二十年だそうです」

わたしは、あのとき、つまり、八重桜患者《やえざくらかんじゃ》のつぶやきを聞きとるとき、笑《わら》いながらさくらのトンネルを走っていく、たくさんの子どもたちに出会いました。みんな、「壁《かべ》」のことなど思いもせずに、髪《かみ》をなびかせ、鳥のように、風のように、駆《か》け抜《ぬ》けていきました。ああ、なんだか、じんとくる。わたしは、こう見えても、なみだもろいのです。

「始めから、コンクリートの壁《かべ》でなくて、さくらの並木《なみき》にすればよかったのじゃ。そうすれば、だれも恐《おそ》ろしいことは、考えない。できもしない。きれいな花が雲のように咲《さ》いて、鳥が楽しそうに鳴いているところでできるのは、散歩《さんぽ》やキスだけじゃ」

と、ビラ先生は言い、続《つづ》けて、「人間は、すばらしいが、すばらしくない。すばらしくないが、すばらしい。さくらは、すばらしいだけ。すばらしく咲《さ》くだけ。ああ、すばらしい！」と言いました。

「また、いつか、あのB通りの八重桜《やえざくら》を見たいですね、先生。ヨハンも大きくなっているでしょう」

また、わたしは感傷的《かんしょうてき》になっています。似合《にあ》わない、似合《にあ》わない。わたしは、カルテ箱を引き寄《よ》せると、ドイツ語カルテをしまいました。

「それはそうと、さくらもちは、どうなったのかね。カルテを読んだら、疲《つか》れたよ。疲《つか》れたときには、甘《あま》いもの。さくらもちがいちばんじゃ。はやく、持っておいで」

ビラ先生の口からは、いまにもよだれが垂《た》れそうです。

わあ、いやだ。先生は、とつぜん、歌いはじめました。

おんちですね。

「壁《かべ》より花、花よりさくらもち。さくらもちは、うまい。うまいは、さくらもち」

もう、先生ったら。でも、きょうは許《ゆる》せる気分です。

さくらもち、わたしも食べよっと。

「あれは、いつだったか、確《たし》かなことはもう忘《わす》れたが、東北地方の温泉宿《おんせんやど》に泊《と》まったときのことじゃ。なに？　たまには温泉《おんせん》につかってもいいではないか。働《はたら》き過《す》ぎは、からだに毒《どく》。うんうん」

サクラハナ・ビラ先生の頭の中は、ドイツから一気に日本へ飛《と》んだようです。ひとりで納得《なっとく》して、うんうん言っていますす。まあ、いいか。

「それで、先生、温泉《おんせん》がどうかしたのですか」

わたしは、お付《つ》き合いていどに聞きました。さくらもちを、こっそり二つも食べたので、先生ではありませんが、ちょっと眠《ねむ》くなってきたのです。

「そうそう、宿に着いたのは、夜遅《おそ》かった。わしは温泉《おんせん》に入って、いい気持ちで部屋に戻《もど》り、うたた寝《ね》をしておった。しばらくして、雨の音で目が覚《さ》めた。窓《まど》ガラスを雨《あま》粒《つぶ》がたたいておる。と、思ったのじゃ。障子《しょうじ》が閉《し》まっていたから、外は見えなかった。障《しょう》子《じ》をあけると、雨ではなかった。ぱらぱらという音は、さくらの花びらが強い風に舞《ま》って渦《うず》を巻《ま》き、何百何千と窓《まど》ガラスを打っておる音……。大木じゃったなあ、大きな、大きなさくらの木。花吹雪《はなふぶき》という言い方があるが、まさに外は吹雪《ふぶき》。花びらの雪。夢《ゆめ》のような夜じゃった」

先生は、しばらくうっとりとした目で天井《てんじょう》を見ていました。つまり、何も見ていない、ということです。

「先生、そのさくらは、どこが悪かったのですか」

わたしは、またお付《つ》き合いていいどにたずねました。

「悪いところは、なかった。だからカルテは、もちろんない。めでたい。東北というところは、さくらの名所が、いまでもどっさりある。君も知っておるだろう。したがって、患者《かんじゃ》も多い」

きたきた、優秀《ゆうしゅう》な助手は、先回りして、ご希望《きぼう》のカルテを出す！　わたしは、少し焦《あせ》ってカルテ箱の中を探《さが》しました。いつもきちんと整理しているのに、さっきの中身まき散《ち》らし事件《じけん》のあと、かき集めて箱につっこんだままだから。がさごそ、がさがさ。

「どれ、見せてごらん。これ、というのを見つけてあげよう」

珍《めずら》しく協力的《きょうりょくてき》なビラ先生です。先生はしばらく背中《せなか》を丸めて、箱の中身をがさごそしていました。

「ううむ、ううむ、これかなあ。やっぱり、これを読んで、忘《わす》れないようにしないとな」

先生の顔は、いつになく引き締《し》まって見えました。先生が取りだした一枚《まい》は、心がざわざわするような、あやしく光るカルテでした。

「底光《そこびか》り」ということば、聞いたことがありますか。ふだん、あまり使う機会《きかい》のないことばですね。でも、先生が慎重《しんちょう》に取り出した、このさくらカルテは、底光《そこびか》り、としか言いようのない光り方で、光っているのです。

そのカルテ、実は、わたしにも見覚《みおぼ》えがありました。でも、光っていた記憶《きおく》はありません。首の後ろが、きゅっとかたくなりました。

「先生、それって、最初《さいしょ》からそんなふうに光ってましたっけ？　なんだか……怖《こわ》くありません？」

わたしは、カルテにふれたくなかったので、「おまかせします」と言って、ずりずり、先生から遠ざかりました。

「何を、ばかな。自分でつぶやきを聞きとった患者《かんじゃ》のカルテ、怖《こわ》がってどうする。自分で読みなさい。さくらもちを食べたじゃないか」

先生は、へんなところに、さくらもちを持ち出してきます。もう、とっくに消化しちゃいました。でも、おっしゃる通り。わたしは、わかっています。逃《に》げたいだけ。この底光《そこびか》りカルテが怖《こわ》いのです。あやしく光っているから、ではありません。患者《かんじゃ》が全快《ぜんかい》していなくて、先の見通しもはっきりしないから。それなのに、毎年、だまってうつくしく咲《さ》くから。ああ、わたしは、弱虫《よわむし》なのでしょうね。じゃぶじゃぶ、こんな自分を洗濯《せんたく》したい。

わたしが先生とその町に行ったのは、三年前。それは、日本全国をカバーする、「オールバードネットワーク」の鳥から鳥へと伝《つた》わった、SOS情報《じょうほう》がきっかけでした。「心もからだも、ひりひりする」と嘆《なげ》く染井吉野《そめいよしの》が、そこに住んでいるというのです。情報《じょうほう》の発信者《はっしんしゃ》は、ノスリ。ワシタカ類《るい》の鳥です。どうやら、さくらの友だちのようでした。

わたしたちが、町に到着《とうちゃく》したのは、夜でした。そこはひどく暗く、光といえば、道路に立っている信号《しんごう》だけで、人の家にもあかりはありません。信号《しんごう》は、ずっと赤のままで点滅《てんめつ》しています。ここから先は、行けません。進んじゃいけないから、青は、なし。ゴー・ストップではなく、ストップ・ストップ。

耳を澄《す》ますと、人の気配はなく、あたりには闇《やみ》にひそむ、たくさんの動物の気配がありました。夜の鳥が鳴きました。わたしは、思わず、ビラ先生のラバーベルトの端《はし》を握《にぎ》りました。

「わっ、出た」

わたしたちの前を、大きなイノシシが横切った、あの夜の町で、患者《かんじゃ》のさくらは、じっと待っていたのです。

福島《ふくしま》・染井吉野《そめいよしの》

患者名《かんじゃめい》：「Y《ワイ》の森《もり》」地区《ちく》の染井吉野《そめいよしの》
病名《びょうめい》：心《こころ》とからだのひりひり病《びょう》
主《おも》な原因《げんいん》：人間《にんげん》の不在《ふざい》
処方箋《しょほうせん》：希望《きぼう》
結果《けっか》：回復《かいふく》には、まだ長《なが》い時間《じかん》がかかる

わたしは、「Yの森」と呼《よ》ばれる地区のさくらです。わたしは、この名前が好《す》きで、ここに住む人たちが好《す》きで、ここで咲《さ》くことが自慢《じまん》でした。

「Yの森」といえば、むかしからさくらの名所です。なかでも、わたしたちの並《なみ》木《き》は、樹齢《じゅれい》が百年を超《こ》える長老《ちょうろう》も含《ふく》め、千五百本もの仲間《なかま》たちが、ずらりと並《なら》んでいます。毎年、春ともなれば、わたしたちがつくる花のトンネルを見に、地区の人たちはもちろん、遠くからも大勢《おおぜい》の人たちがやってきました。楽しい、うれしい、お花見です。にぎやかでした。輝《かがや》く春の日でした。わたしたちは、そんなようすを見るのが、何よりも好《す》きでした。

新緑のころも、セミが鳴く季節《きせつ》も、紅葉《こうよう》のころも、わたしたちの並木道《なみきみち》を歩く人たちは、泣《な》きたいことがあっても、歩いているだけで、なんだか幸せになりました。残念《ざんねん》ながら、いまではぜんぶ、過去形《かこけい》です。

どこから話せばいいのか、わかりません。わたしは、ゆううつです。花の季節《きせつ》が、もうすぐ始まります。あの春までは、自分たちが咲《さ》くのを、見る人と同じように、わくわくしながら待っていました。逃《のが》れようもない大きな揺《ゆ》れと、見たこともない大きな波と、とりかえしのつかない発電所の大事故《じこ》が、この地を襲《おそ》うまでは。

おや、友だちが飛《と》んできました。

「おおい、ノスリ、ずいぶん遅《おそ》かったね」

待ちくたびれたわたしのイライラが、どうやら声に出たようです。ノスリは、ピッ、ピィーア、ピィアと、いつもより甲高《かんだか》く鳴いて、わざとのようにわたしの上空で止まりました。いいよ、君は、自由に空を飛《と》べるのだから。植えられた場所から、一歩も動けない、わたしたちとは大違《おおちが》い。どんなに危険《きけん》がせまっていても、わたしたちは、逃《に》げることができません。

「ほらまた、そんな顔して。ぐちは聞きたくありません。ぼくだって、言いたいよ。きょうは、獲物《えもの》が少なかった、はらぺこです、君とは違《ちが》って。あああ。ねずみはいたけれど、あんまりでかすぎて、ぶきみだった。食べてもおいしくありませんね、きっと」

ノスリは、一気にまくしたてました。

まだ若《わか》いくせに、ノスリは生意気《なまいき》な口をききます。わたしの方が、うんと年上なのに。でも、ノスリもひとりぼっち、というところが気に入っています。群《む》れない鳥です。たまごからかえって、二か月もしないうちに飛《と》べるようになり、それからまた二か月もしないうちに、親から離《はな》れて独立《どくりつ》する。たいしたものです。

彼《かれ》は、独《ひと》り立ちして二年目、まだ一人前の大人とは言えません。狩《か》りもへたで、いつもおなかをすかしています。毎日をひとりで、必死《ひっし》で。それに、いろいろなところで見たり聞いたりしたことを、わたしに教えてくれるのは、ノスリだけです。だから、生意気《なまいき》な口も、許《ゆる》しています。

あの春以来《いらい》、ここにはだれも来なくなりました。発電所の大事故《じこ》のために、とんでもなく危険《きけん》なものが、あたりにまき散《ち》らされ、ここは立ち入り禁止《きんし》になりました。わたしたちを手入れしていた人も、まわりに住んでいた人も、どこかに行ってしまって、町はからっぽです。つまり、たとえばお花見のような、にぎやかなことが大好《す》きなわたしたち染井吉野《そめいよしの》は、もう、さびしくてたまらなかったのです。大事故《じこ》の二年目の夏、ふらりとやってきたのが、ノスリでした。

「いや、べつに、あなたに話してあげる義理《ぎり》はないのだけれど」

ノスリの第一声は、それでした。まず、年上のわたしのことを「あなた」と呼《よ》ぶなんて。それに「義理《ぎり》はない」って？　だったら、あっちへ行けよ、と言いたかったのですが、わたしはノスリをだまって受け入れました。聞きたいことが、たくさんあったからです。それに、そのときノスリの右のつばさの付《つ》け根には、痛《いた》そうな傷《きず》がありました。だれかにやられたのでしょう。少し休んでいったらいい。わたしは、濃《こ》い緑の葉に覆《おお》われた枝《えだ》を貸《か》すことにしました。

「あんなところに、いると思わなかった。目をぎらぎらさせた、大きな野犬。急にとびかかってきた。畑はどこも雑草《ざっそう》だらけで、上から見ても、何《なん》にも見えない。だから、のんびり降《お》りて昼寝《ひるね》をしようと思ったら！　いつから、ここは、こんな無法《むほう》地帯《ちたい》になったんでしょうね」

ノスリは、気どってそう言うと、鼻を鳴らしました。ピピッピー。わたしは、ノスリを休ませる代わりに、ときどきここに立ち寄《よ》って、見てきたことを聞かせてほしい、と言いました。ノスリは、「気が向いたらね」と言って、目を閉《と》じました。

「線路？　そんなもの、もう全然《ぜんぜん》見えませんよ。見えたって、列車が走らないから手入れもされなくて、さびだらけ。覆《おお》いかぶさっていますよ、クズやフジの太いツル、見たこともない雑草《ざっそう》が、たくさん。線路も駅も、とっくのむかしに、緑の海にのまれました」

ノスリが最初《さいしょ》に話してくれたのは、線路のことでした。わたしは、お花見の人たちが、たくさん乗り降《お》りする駅のことを聞いてみたかった。みんなを運んでくる列車の線路。いろいろな所に、しっかりつながっている、あの線路です。

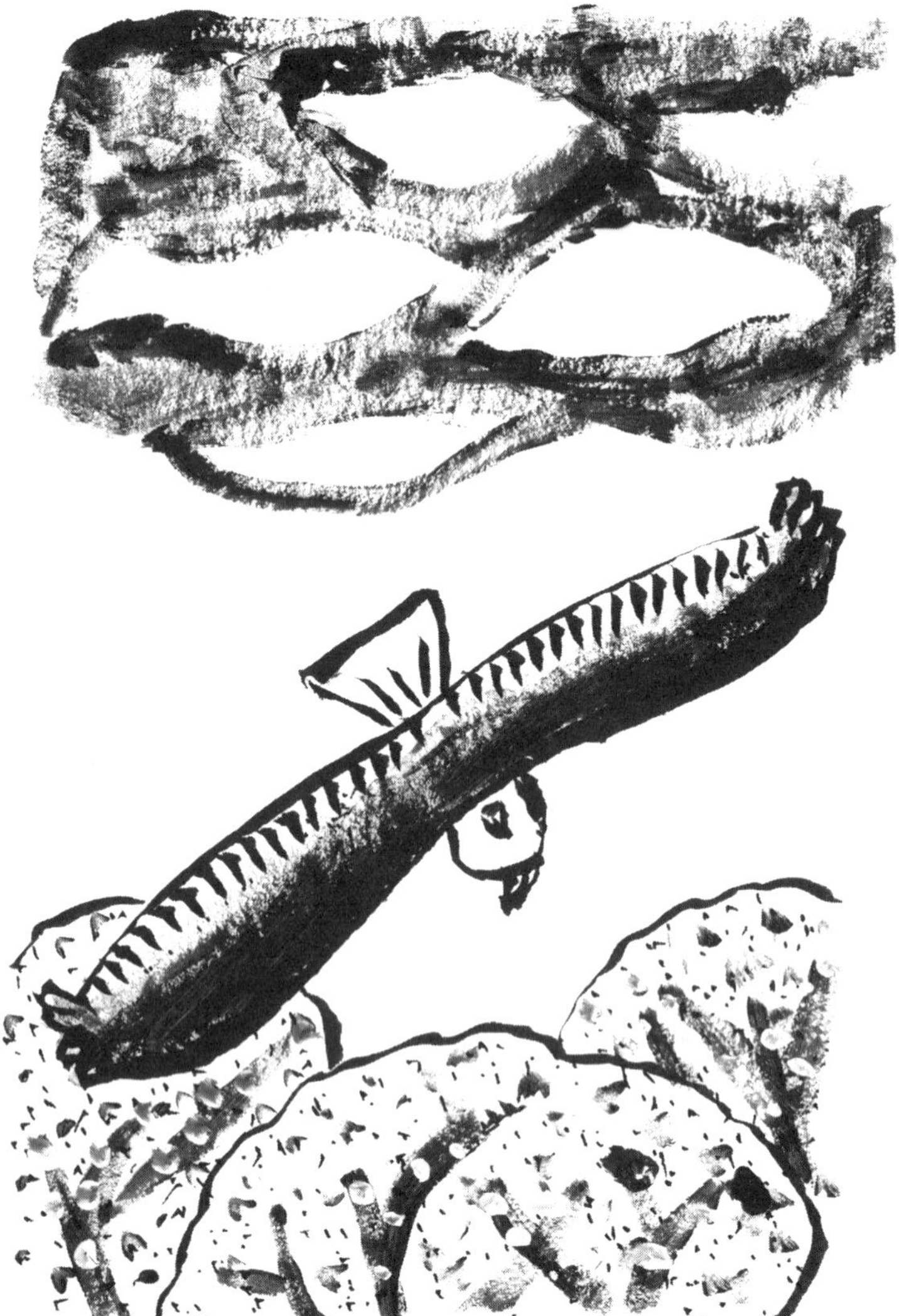

ノスリによれば、線路や駅だけでなく、どこもかしこも、緑の海にのまれている。ガラス窓《まど》の割《わ》れたすき間から、家の中にも、お店の中にも、教室にも、緑の波がひたひたと押《お》し寄《よ》せているということです。「つまり、植物天国、というところかなあ」と、ノスリはやけくそみたいに笑《わら》いました。

「人間がいなくなると、こうなるんですね。それをみんな忘《わす》れていました。人間もわたしたちも」

きょうはこれまで、と言って、ノスリは、振《ふ》り向きもせずに飛《と》び立っていきました。はじめてわたしの枝《えだ》に止まった日から、もう二か月が過《す》ぎて、わたしたちの葉も、赤く染《そ》まりはじめています。並木道《なみきみち》を吹《ふ》き抜《ぬ》ける風も冷《つめ》たく、日が短くなりました。

それからもノスリは、たびたびやってきましたが、わたしは、ノスリの話をこれ以上《いじょう》、聞きたくありませんでした。だれもいない小学校、雑草《ざっそう》だらけの田畑、飼《か》い主を失《うしな》ってさまよう動物たち。そんな話は、もうたくさん。わたしがとうとう、ノスリの話に耳をふさいだとき、ノスリが言ったのです。

「あるわけないでしょう、楽しい、明るい話なんて」

悲鳴のような声でした。壊《こわ》れかかっています。わたしも、ノスリも、そしてこの世界も。でも、とわたしは思いました。本当にそうでしょうか。わたしは考えました。考えている間に、赤くなったわたしの葉は、ぜんぶ地面に落ちました。

ビラ先生、わたしは、「だれも見てくれないさくら並木《なみき》なんて、意味がない」と本気で思っていました、先生に会う直前まで。町の人たちに手入れしてもらえなくなったわたしたちは、枝《えだ》ものび放題で、風に折《お》られ、足もとは腐《くさ》った葉や雑草《ざっそう》でいっぱいでした。暴走《ぼうそう》イノシシがぶつかって、傷《きず》がついた木もあります。こうして冬が来ました。ノスリの姿《すがた》も見えません。

それは、粉雪《こなゆき》が少しだけ枝《えだ》に積《つ》もった日のことでした。このあたりの冬の日には珍《めずら》しく、午後から日がさしてきて、粉雪《こなゆき》はきらきら光って見えました。何かいいことがあるかもしれない。そんなときでした。ピィーア、ピッピ。いつの間にか、わたしの頭の上に、ノスリの姿《すがた》がありました。久《ひさ》しぶりだね。

「だれか来るよ。あなたの知っている人かもしれない」

ノスリは、そう言うと、わたしの真上の空に小さな円を描《えが》いて、また高い声でひと鳴きすると、どこかに行ってしまいました。ノスリは、少し大きくなったようです。

だれかって、だれだろう。この話は、耳を澄《す》ませていたとなりのさくらの口から、あっという間に並木中《なみきじゅう》に広がって、仲間《なかま》たちは、ざわざわっと枝《えだ》を揺《ゆ》らしました。わたしたちは、同じ道に並《なら》んでいますが、お互《たが》いに口をきくことは、ほとんどありません。ここのさくらは、ノスリと同じように群《む》れるのが嫌《きら》いです。みんなだまって、ひとりで、精一杯《せいいっぱい》きれいな花を咲《さ》かそうと、ここに立っているのです。わたしたちに同じ思いがあるとすれば、それは、見てくれる人に喜《よろこ》んでもらいたい、ということ。それだけです。わたしたちは、人間が大好《す》きでした。

わたしは、姿勢《しせい》を正しくしました。葉はすべて落ちましたが、やがて来る春のために、かたいつぼみもちゃんと用意しています。わたしには、この道に現《あらわ》れる人がわかりました。きっと、あの人です。あの人以外《いがい》にありません。だから、心配をかけないよう、わたしは姿勢《しせい》をよくして、元気ですよ、と伝《つた》えなくてはなりません。久《ひさ》しぶりに会うあの人は、元気でしょうか。

遠くで、がらがら、ぎしぎしと、音がします。わたしたちのさくら並木《なみき》は、町のまんなかあたりで、「ここから先は、立ち入り禁止《きんし》。通れません」と看板《かんばん》が立てられているそうで、見てきたノスリに言わせると、「ぼくたち鳥は、もちろん自由自在《じゆうじざい》、空に境界線《きょうかいせん》なんて、ありませんから。タヌキの親子もちょろちょろ歩いて、行ったり来たり。でもね、人間があぶないなら、ぼくたちだって、きっとあぶない。まあ、人間は自分のことしか考えないから」ということでした。

ぎしぎし、がらがらは、境界線《きょうかいせん》の扉《とびら》があく音でした。やがてゆっくり落ち葉を踏《ふ》む音が近づいてきました。午後の太陽が、その人を照《て》らしています。

「やあ、おまえたち、ずいぶん枝《えだ》がのびたなあ。ほったらかしで……なあ」

思った通り、その人は、長年、わたしたちの世話をしてくれた「さくら守《もり》のじい」でした。名前は知りません。みんな、じい、じい、と呼《よ》んで、何十年も過《す》ぎました。のびすぎた枝《えだ》をうったり、はい上がろうとするツル草を刈《か》ったり、虫よけをしたり。じいは、「Yの森」のさくらの番人でした。並木《なみき》のさくらのことなら、何でも知っていましたし、いたずら者の花見客が枝《えだ》を折《お》ろうとしたら、「さくらが、痛《いた》いと言うておりますＩと穏《おだ》やかに耳もとでささやき、わたしたちを守ってくれました。

この地区には、じいの弟子《でし》が何人もいて、みんな、じいに習った通りのやり方で、わたしたちの世話をしてくれたのです。懐《なつ》かしい人たちの顔が、次々と浮《う》かびます。じいが戻《もど》ってきてくれた。それだけで、わたしはうれしくて、声も出ませんでした。じいは、わたしに近づきました。

「大きくなったな。枝《えだ》のつぼみの数も、ずいぶん多くなった」

覚《おぼ》えていてくれたのです。わたしは、思いきり枝《えだ》を動かしました。枝《えだ》の先に残《のこ》っていた最後《さいご》の枯《か》れ葉が、地面に落ちていきます。

「泣《な》くな」

と、じいは言いました。

じいは並木道《なみきみち》を歩きます。一本一本に、あいさつをしているような、ようすを確《たし》かめるような、ゆっくりした足どりでした。しばらくして、じいは帰っていきました。決められた時刻《じこく》までに、ここを出なくてはならないのです。

「また、必《かなら》ず来る」

と、じいは言いました。

それから、しばらくは、だれも来ませんでした。ノスリは別《べつ》です。あれから、どういう風の吹《ふ》きまわしか、毎日のようにやってきて、「一日に、ひとつだけです」ともったいぶりながら、話をしていきます。いままでの話とは、ちょっと違《ちが》います。いいえ、ちょっとではなく、とても、かもしれません。

たとえば「ずっと向《む》こうの町で、この前、おばあさんたちが集まって、ひなたぼっこしながら、話していましたよ。ここのさくらの話です。聞きたいでしょう?」

ノスリは、得意《とくい》そうに言いました。「きっと、またいつか、あのさくらのトンネルの下を、みんなで歩く日が来るから、きょうも元気で、あしたも元気でいましょうね、って」。

その日は、雪ではなく、霧《きり》のような雨がふっていました。ぎしぎし、ががら。遠くであの音がします。境界線《きょうかいせん》の扉《とびら》があく音です。

だれかが来ます。それも、大勢《おおぜい》。車の音もします。大きな車の、重い音です。何かが始まる。わたしは、どきどきしています。こんなときに限《かぎ》って、上空からようすを見てくれるノスリも来ません。仲間《なかま》のさくらたちも、いっせいに枝《えだ》を揺《ゆ》らしています。何《なん》だろう、何が始まる？

それがわたしの、「心とからだのひりひり病」の始まりでもありました。ひりひり病だなんて、ビラ先生は、実にぴったりの名前をつけられたものです。ほんとうに、これ以外《いがい》は、ありえません。

始まったのは、簡単《かんたん》に言えば「そうじ」でした。あぶないもの、汚《きたな》いものを取り除《のぞ》く。笑《わら》えない話ですが、わたしたちは、自分たちもあぶないもの、汚《きたな》いものになっていることに、気づいていなかったのです。

それは、ぞっとするできごとでした。やってきたのは、わたしの知らない人たちで、道には「作業中」の看板《かんばん》が立ちました。その人たちは、全員、白い服・軍手《ぐんて》・マスク・ゴーグル・ヘルメット姿《すがた》で、みんな同じに見えました。草刈《くさか》り鎌《がま》や、ほうきを持った人もいます。それぞれが、ばらばらと道のあちこちに散《ち》らばって、わたしたちの足もとに積《つ》もった枯《か》れ草や、風に乗って飛《と》んできたごみを取り除《のぞ》き、道を掃《は》き、さびかけた置《お》き去りの自転車を運んでいきます。だれもがだまったままでした。

そのときでした。中のひとりが、マスクをはずして、ゆっくり近づいてきました。さくら守《もり》のじい！　じいは、私《わたし》の幹《みき》に手を置《お》いて言いました。

「これから、一本一本、幹《みき》を洗《あら》っていく。すまない」

じいが言ったのは、これだけでした。洗《あら》う？　そうです、わたしたちは、幹《みき》の皮がむけるほどに、洗《あら》われました。地上から二メートルの高さまで、線を引いたよう

に幹《みき》という幹《みき》が、ぜんぶ。

「高いところから、低《ひく》い方へ。縦《たて》に三往復《おうふく》。一往復《おうふく》は、二秒」

と、だれかが声をかけました。ごろごろ車のついた高圧洗浄機《こうあつせんじょうき》が、何台も現《あらわ》れます。

いまでも、ひりひりします。思い出すだけで。高圧《こうあつ》の冷水《れいすい》で削《けず》り取るように洗《あら》われたからだも、なんでこんなことに、と叫《さけ》ぶ心も。さくら守《もり》のじいが、「すまない」と言ったのは、このことだったのです。いったい、わたしたちが、何をしたというのでしょうか。

わたしたちは、それから何日も、ひりひりするからだを風にさらして、だまったまま、立っていました。花の季節《きせつ》が近づき、わたしたちの枝《えだ》には、もうすでに先がうっすら紅色《べにいろ》になったつぼみがたくさんついています。けれども、わたしたちには、花を咲《さ》かせる気力がありませんでした。何《なん》のために、あんな目にあったのか、納得《なっとく》もできません。

どんよりした気分で、空を見上げたときでした。ピッピー。ノスリの声がします。

「おう、ここかね。おう、君が患者《かんじゃ》かね」

聞いたことのない声もしました。それが、ビラ先生でした。姿《すがた》は見えません、声だけです。ピッピーピィ。

「連《つ》れてきてあげました、あなたがあんまり元気がないので。ドクター・ビラは、名医です」

名医？　わたしは、頼《たの》んだ覚《おぼ》えもないので、少しむっとしました。おせっかいな、ノスリ。わたしは、知らん顔でお帰りいただこうと思ったのですが、考え直して言いました。

「これは、ようこそ。ありがとうございます」

わたしは、そんな気になるほど、具合が悪かったのです。ひりひりするのが、これ以上《いじょう》続《つづ》くなんて。ノスリは、どうだ、という顔をしました。

「聞きましたぞ。ひりひり、じゃね。うんうん、ひりひりするのも当然《とうぜん》。よく我慢《がまん》した。おまえさんたちが花を咲《さ》かせたら、どうやら境界線《きょうかいせん》の扉《とびら》をがらがらあけて、その時期だけ見物客を入れるそうな。つまり地上二メートルを洗《あら》ったのは、ここを歩く人のためじゃ」

先生が言うと、ノスリは、念《ねん》を押《お》すように言いました。

「人間のためで、あなたのためではありません。それにしても、水で洗《あら》ったといっても、その汚《よご》れた水は、どこに行くのでしょうね」

ノスリは、ふんと鼻を鳴らしました。そして、「先生、患者《かんじゃ》に、手紙を読んであげてもいいですか」と言いました。患者《かんじゃ》、わたしのことですね。わたしは、だんだんばかばかしくなりました。

ノスリが持ってきた手紙とやらで、このひりひりが治《なお》るとは思えません。まったく。わたしは返事をしませんでした。

「この手紙は、以前《いぜん》ここに住んでいて、いまは遠いところに引っ越《こ》した女の子の書いたもの。つまりこれが先生の処方《しょほう》されたお薬、というわけです。わざわざ取りに行きました、このわたしが。親切ですからね」

ノスリは得意《とくい》そうに言いました。そして、さくら色のびんせんを開くと、少し甲《かん》高《だか》い声で、読み始めました。

「わたしは、七歳《さい》の女の子です。この町に引っ越《こ》してきたのは、まだ赤ちゃんのときでした。だから、むかし住んでいたところのことは、何も覚《おぼ》えていません。いつもお父さんとお母さんは、あそこはさくらがきれいだったね、と言います。わたしたちが住んでいたのは、有名なさくら並木《なみき》のすぐそばでした。わたしのおじいちゃんは、さくらの木のお世話をしていたそうです。おじいちゃんは、遠くに来たわたしたちと離《はな》れて、ひとりで暮《く》らすようになりました。

この前、お父さんとお母さんの結婚《けっこん》写真を見せてもらいました。満開《まんかい》のさくらの下で、お父さんとお母さんが笑《わら》っています。お母さんの白いドレスに、さくらの花びらが、いっぱい。さくらの木が、みんなでおめでとうと言って、花びらを散《ち》らしてくれたの、とお母さんが言いました。お母さんは、ちょっと泣《な》きました。わたしは、写真でしか見たことのない満開《まんかい》のさくら並木《なみき》を、いつか必《かなら》ず歩きたいと思います。だから、さくらのみなさん、これからも、いつまでも、咲《さ》いていてください。お願《ねが》いします。それから、この前、わたしに妹ができました。はじめて見た赤ちゃんは、肌《はだ》がさくら色で、元気いっぱいに泣《な》いていました。名前はみんなで、さくら、とつけました」

ノスリはじっとしています。わたしのひりひりは、少し治《なお》ってきたようです。

カルテ、ぱたん。まだ、少し、光ってる。

はあー。わたしは、思わずため息をつきました。先生の処方《しょほう》は、希望《きぼう》。「きぼう」と、わたしは声に出してみました。そして、目を閉《と》じて想像《そうぞう》してみます。Yの森の春、さくらのトンネルの向こうから、子どもたちの声が聞こえます。女の子が走っていきます。あたりは、さくら色のひかりでいっぱいです。さくらたちは、枝《えだ》を揺《ゆ》らし、花びらを散《ち》らし、花びらは道に積《つ》もると、風に乗って渦《うず》を巻《ま》き、やがて空へ空へと昇《のぼ》っていきます。あ、あれはノスリ、大人になった、ノスリです……。

ところで、先生は？　もちろんお昼寝《ひるね》です。穏《おだ》やかな寝顔《ねがお》です。見ていると、いろいろ思い出して、胸《むね》がきゅうっとなりました。

東北のさくらは、これからです。ことしもだまって咲《さ》くでしょうね、あのさくら。また行かなくちゃ。そのときは、「全快《ぜんかい》」とカルテに書ければいいな、と思っています。

さくらノート

●太白《たいはく》

大きなものになると、花の直径《ちょっけい》が五～六センチもある一重《ひとえ》のさくら。染井吉野《そめいよしの》に比《くら》べ、遅咲《おそざ》き。もともと京都近辺《きんぺん》でよく見られた、といわれますが、近代化によって一度は絶滅《ぜつめつ》。それをよみがえらせるきっかけを作ったのが、イギリス人、コリングウッド・イングラムさん（一八八〇～一九八一）。彼《かれ》は、一九〇二年（明治《めいじ》三十五年）の初《はつ》来日以来《いらい》、日本に来るたびに、手に入るさくらの品種《ひんしゅ》をすべて買い集めてイギリス・ケント州に運び、自宅《じたく》の庭園をさまざまな種類《しゅるい》のさくらでいっぱいにしました。この庭にあった太白《たいはく》の穂木《ほぎ》が、遠路はるばる旅をして、再度《さいど》、日本に上陸《じょうりく》。いまでは、甲府市《こうふし》で「太白桜《たいはくさくら》祭り」が開かれるなど、少しずつ注目される品種となりました。

●ベルリンと八重桜《やえざくら》

ベルリンは、ドイツ連邦共和国《れんぽうきょうわこく》の首都。第二次世界大戦《たいせん》での敗戦後、ドイツは、アメリカ・フランス・イギリスによる西側《にしがわ》とソ連《れん》（現《げん》ロシア）による東側《ひがしがわ》との占《せん》領《りょう》地域《ちいき》に分けられ、政治的《せいじてき》立場の違《ちが》いから、同じドイツ人の国でありながら、ふたつの国家となり、対立を深めていきました。一九六一年、ベルリンの町の中央部分に築《きず》かれた壁《かべ》は、家族や親せき、友人同士《どうし》を引き裂《さ》く、悲劇《ひげき》の壁《かべ》となりました。以後、東から西へ、壁《かべ》を越《こ》えようとする人たちが命を奪《うば》われる事件《じけん》が多発。対立は、壁《かべ》が、自由を求《もと》める人々によって壊《こわ》される、一九八九年まで続《つづ》きました。

八重桜《やえざくら》の並木《なみき》は、東西の国境《こっきょう》がはじめに開かれた検問所《けんもんじょ》近くにあります。「壁《かべ》の跡地《あとち》に、さくらを植えよう」と日本の放送局が呼《よ》びかけ、募金《ぼきん》によって一九九〇年代に植樹《しょくじゅ》が始まりました。その八重桜《やえざくら》は、いまでは立派《りっぱ》な並木《なみき》となって、ベルリン市民《しみん》を楽しませています。

●「Y《ワイ》の森《もり》」

福島県富岡町《ふくしまけんとみおかまち》に「夜《よ》の森《もり》」と呼《よ》ばれる地区があります。古くから全国的にも名高いさくらの名所で、全長二・二キロの道の両側《りょうがわ》には、約《やく》千五百本の染井吉野《そめいよしの》が植えられ、町の人々《ひとびと》は、この並木《なみき》を代々《だいだい》、大切に守ってきました。

二〇一一年三月十一日、東日本大震災《ひがしにほんだいしんさい》が引き金となって、東京電力福島第一《とうきょうでんりょくふくしまだいいち》原子力発電所《げんしりょくはつでんしょ》が世界でも最悪《さいあく》と言われる大事故《じこ》を起こし、発電所から約《やく》七キロ離《はな》れた富岡町《とみおかまち》の人々《ひとびと》も、放射能汚染《ほうしゃのうおせん》のため、避難《ひなん》せざるを得《え》ませんでした。六年後、避難指示《ひなんしじ》はその多くが解除《かいじょ》されましたが、「夜《よ》の森《もり》」のさくら並木《なみき》の大半は、いまだに放射線量《ほうしゃせんりょう》が高く、立ち入りが制限《せいげん》されています。

おわりに

見事《みごと》なさくらを咲《さ》かせてくださった、画家《がか》のささめやゆきさん、連載《れんさい》でお世話になった毎日新聞大阪本社《まいにちしんぶんおおさか》・学芸部《がくげいぶ》の倉田陶子《くらたとうこ》さん、汐文社《ちょうぶんしゃ》・編集部《へんしゅうぶ》の永安顕子《ながやすあきこ》さんに、御礼《おれい》を申し上げます。ありがとうございました。

※本書は毎日新聞大阪本社版の連載『さくらのカルテ』を加筆・修正したものです。

作――**中澤晶子**

1953年、名古屋市生まれ。広島市在住。1991年、『ジグソーステーション』（絵：ささめやゆき、汐文社）で野間児童文芸新人賞受賞。『あしたは晴れた空の下で　ぼくたちのチェルノブイリ』『3＋6の夏』（汐文社）『こぶたものがたり』（岩崎書店）をはじめ、多くの作品を発表している。画文集に『幻燈サーカス』（絵：ささめやゆき、BL出版）などがある。日本児童文学者協会会員。

絵――**ささめやゆき**

1943年、東京生まれ。1985年、ベルギー・ドメルホフ国際版画コンクールにて銀賞、1995年に『ガドルフの百合』で小学館絵画賞、1999年に『真幸くあらば』で講談社出版文化賞さしえ賞受賞。『かわいいおとうさん』（こぐま社）『椅子―幸せの分量』（BL出版）、『あひるの手紙』（校正出版社）、『ねこのチャッピー』（小峰書店）など、多くの絵本・画集・挿絵をてがける。

デザイン　山田 武

さくらのカルテ

2018年4月　初版第1刷発行
2019年6月　第2刷発行

作　中澤晶子
絵　ささめやゆき
発行者　小安宏幸
発行所　株式会社 汐文社
〒102-0071
東京都千代田区富士見1-6-1
TEL 03-6862-5200
FAX 03-6862-5202
http://www.choubunsha.com
印刷　新星社西川印刷株式会社
製本　東京美術紙工協業組合

ISBN978-4-8113-2492-0　NDC913